KB272266

아내 전화번호

성평기 시집

시인의 말

마음 속 생각과 기억들을 불러모아
작은 집을 지어 봅니다.
하나같이 나의 그림자를 벗어나지 못하고
작은 울 안에서 서성입니다.
누군가 성긴 사립문 열고 들어와
둘러보고 가벼운 미소를 지어주면
좋겠습니다.
감사합니다.

시인 성평기

☆ 목차

1

눈이 가렵다. ……………… 9

허물이라고 하기보다는 …… 10

무 논에 삽을 던지다. ……… 11

정신 줄 ……………………… 12

둥근 바다 …………………… 13

전화 좀 해라 ……………… 14

희수연 생일 선물 ………… 15

손잡고 걸어요 ……………… 16

모시옷 입고서 ……………… 17

양코백이 …………………… 18

못 세 개 …………………… 19

소갈머리하고는 …………… 20

저건 레미콩이야 할아버지 ·· 21

70대 부부학 개론 ………… 22

사과 4쪽 …………………… 23

당신 너무 헤퍼 …………… 24

운명을 바꾸는 일들 ……… 25

전립선 비대증으로 ………… 26

어따 대고 그럴라고 해 …… 28

좀 져 주면 안 돼요? ……… 29

114가 속이 편하던데 때로는 30

아내 전화번호 ……………… 31

외손녀와 할아버지의 거리 ·· 32

뒤안과 어머니 ……………… 33

너울성 파도 ………………… 34

☆ 목차

2

마니아 되기란 36	쑥 비누를 샀다. 50
부작용(富作用) 37	숲속에 오두막집 하나 51
둘이 살아도 38	진달래꽃 술 52
손잡이 잡고 서서 39	어쩔 뻔했어. 54
깊은 골짜기 크리스마스 40	앵두와 꽃 배암 55
어서 와 한 번 잡쉬 봐유 41	가오리 지갑 56
촌스럽기는 42	전화 한 통화 57
지구를 돌려보았다. 43	돈 좀 있니? 58
스노클링만 하고 왔다. 44	동안(童顔)으로 살기보다는 59
소 파 46	제1차 목표 60
냉서 뗑거 맹거 47	대화의 실상 61
장어 꼬리 48	흑 자 인 생 62
소년 나르키소스의 거울 49	

☆ 목차

3

죄송합니다.
  그런 분인 줄 몰랐습니다. 64
9월 어느 날 길을 걷다 …… 65
비겁한 놈들 …… 66
고구마 싹 …… 67
사독인독(蛇毒人毒) …… 68
직녀를 찾아서 …… 70
훈장과 제자 …… 71
태릉입구역에서 …… 72
엉뚱한 생각 …… 73
로만포럼의 돌 …… 74
칼바위에 바치는 송가 …… 75
십 년만 더 …… 76

전신 거울 앞에서 …… 77
아파트 페인트칠 …… 78
동의서 …… 79
뜬구름 잡기 …… 80
비스듬하게 서 있으라 …… 81
채시지관이 되다 …… 82
벽제의 이니스프리 섬 …… 83
희수야 놀자 …… 84
그렇게 기다리게 하면 …… 85
엄지손가락 …… 86
손금을 봐 드립니다. …… 87
농어와 민어 …… 88
엘리베이터 안에서 …… 89

☆ 목차

4

포크레인 운전수 … 91	신식 시를 써 보려다가. … 104
잘 던져 봐 … 92	무관심과 칡넝쿨 … 105
이백의 마부작침(摩斧作針) … 93	무관심과 비닐 약봉지 … 106
연꽃엔 무엇이 있나 … 94	칠월의 찬가 … 107
오월의 끝자락 … 95	비가 오면 네가 보고픈 … 108
유월이 싱싱하다 … 96	기념 타월 … 109
명아주 풀 … 97	미소 한 가닥 … 110
꿈속을 헤매다. … 98	표주박은 이문위시(以文爲詩) … 111
그대 눈빛은 빛났다. … 99	은행나무와 공덕비 … 112
남과 같이해서는 … 100	계양산 … 113
고장 수박 아가씨 … 101	사소하거나 희미하거나 또는 또렷하거나 … 114
앵두나무 처녀 … 102	너같이 생겼구먼 … 115
완두콩과 할머니 … 103	

☆ 목차

5

천왕봉에서 …………………… 117

제노아 AI 500 …………… 118

시선은 같아도 보는 것은… 119

떡볶이집 아짐 …………… 120

깻잎을 손에 들고 ………… 122

어묵은 오늘 행복했다. …… 123

골목 안의 자유 …………… 124

쪽 자유 ……………………… 125

괜한 걱정 ………………… 126

봄동(春白菜) ……………… 127

QR코드 스마트폰으로 QR 코드를 스캔하거나 유튜브에서 시인 이름과 시 제목을 검색하시면 작품을 감상하실 수 있습니다.

제목 : 흑자 인생
시낭송 : 조한직

영상은 YouTube 정책 또는 운영 관리에 따라 삭제될 수도 있습니다.

시인은 자연을 이야기하고 시낭송가는 자연을 품었다
글자는 날개를 달아 언어로 날고 소리는 자연에 눕는다

1

눈이 가렵다.

어머니는 오늘도 눈에 안연고를 잔뜩 바른다.
아들의 지청구에 하루 쉬더니 또 바른다.
어머니 눈에는 하얀 안연고가
어머니의 밥이고 김치다.
그런데도 안경 없이 손, 발톱 잘도 자르신다.
어머니는 16살에 시집왔다.
세 명의 처녀가 같은 동네로 시집왔다.
우리 어머니가 가장 이뻤다. 눈이 질 이뻤다.

94살 어머니가 누워 있다. 눈을 제대로 뜨지 못한다.
감나무 두 그루, 채마밭, 며늘아 고맙다
희미해지는 환영. 칠 남매 기다리며 누워 있다.
하루를 더 기다려 보령의 막내가 오자
눈을 뜨는듯하더니 이내 감았다.
나는 울지 않았다. 딸들은 울었다.

화장장 가는 길
벚꽃이 도로 양쪽에 징그럽게 피고 사방으로 날렸다.
어머니는 벚꽃 보려고 눈을 크게 떴다.
그리고 뜨거운 화로에서 눈은 금세 사라졌다.

허물이라고 하기보다는

새벽 다섯 시 세면대를 깨끗이 닦는다.
천연덕스럽게
아내에게 지은 죄를 닦을 심산이다.
아니 딴 살림 차린 적 없으니
굳이 죄라고 하기 그렇다.
죄란 말 에누리해야겠다.
그래 허물이라고 하자
누구나 허물을 벗고 싶어 한다.
뱀도 허물을 벗지 않나?
그것도 많게는 1년에 여덟 번
나는 내 허물을 더 벗어야 한다.

아내가 쓸 때까지 여긴 안 써야지
그런데 허물이라고 하니 뭔가 변명 같다.
그래, 나쁜 놈이라고 해야 아내 직성 풀리겠다.
"아니 당신 좋은 세면대 놔두고 왜 샤워기 틀어?"
아차! 허물 벗는 일 눈치 안 채게 해야겠다.
겉절이가 아닌 묵은지처럼 느긋하게

무 논에 삽을 던지다.

이눔의 비가 우라지게 온다.
언제 비를 피하며 일 한 적 있더냐.
도롱이 베잠뱅이 빗물에 빨래다.

그려 울 아들
고등핵교 나온 후 취직했단다.
이웃집 돈 꾸러 많이 다녔지
부끄러움 뒤로했지.
체면은 선반 위에 올려놓았지.

에라이 이눔의 삽자루 무 논에 던져 벌란다.
삿갓 밑 쌈지 꺼내어 봉초 말아 냅다 빨아댄다.
가슴이 뻥 뚫린다.

나도 인자 아들 따라 도시 가서 살란다.
오메! 잡것 비가 징허게도 쏟아지네.
환장허것네. 지가 언젠가는 그치것제
가난한 농부의 희망

정신 줄

여 봇!
정신을 어따 두고 그래?
맨땅에서 넘어지고?

이런
모퉁이 사라지는 낯선 향수 냄새.

나이 들면 정신 줄 공짜로 놓아진다.
젠 장 !

둥근 바다

아내와 아울렛 갔다. 면 자켓 골랐다.
아내가 말했다
"이건 당신 점잖은 곳에 못 입고 가
당신 나이에도 안 맞아!"
내가 가는 점잖은 곳은?
내가 입을 나이는?

나는
아내 손에 엄청 커다란 콤파스를 손에 쥐여 주고
엄청 큰 원을 그리게 했다.
그 속에 점잖은 곳과 내 나이를 던져 넣었다.

비늘 박 박 긁힌 우럭 한 마리
둥근 바닷속으로 뛰어들었다.
우럭의 온몸은 쓰라렸다.
그래도 헤엄쳐 깊은 바다로 들어갔다.

전화 좀 해라

어머니 집에 전화 놔드렸다.
이제 면장 집 눈치 볼 필요 없어졌다.
아덜, 목소리가 꼭 이웃집 같다야.
올 추석 때 내려올 거지?

언제부턴가
아들 목소리가 그리워졌다.
가뭄에 콩 나듯 전화하는 아들 서운했다.
콩밭 매고, 휜 허리 펴고 설탕물 새끼손가락
휘휘 저어 마셔도 갈증은 더 심했다.

나는 늘 어머니에게 무심했다.
내 전화가 어머니 십전대보탕인 걸 무시했다.
아들 전화 기다리던 어머니는
밤늦게야 잠이 들곤 했다.
어머니는 전화 없는 곳으로 가셨다.
외손녀가 영상통화다.
할아버지 나 전화 기다렸지?

희수연 생일 선물

휘어진 상다리 진수성찬 생일상
예 같지 않게
젓가락 게을러지고

아들, 딸 고마운 축하금
호주머니 들어간 후 잊혀진다.

외손녀들 그려준 우리 부부 캐리커처
달력에 붙여놓고 날마다 본다.

너희들 재주 참 좋다.
주름진 할아버지, 할머니 얼굴을
청춘으로 돌려놓는다.

우리는 깊은 산속
동화 속의 젊어지는 옹달샘 물
한 바가지 떠 마셨다

손잡고 걸어요
(부부의 날에 즈음하여)

아내 손 잡는다.
따뜻한 온기, 거친 손.
아내는 은행원이었다.
돈을 세는 손 민첩했다.
예쁘고 보드라워 보였다.
칠 남매 장남에게 시집왔다.
22살 어여쁜 손
인고의 옹이가 박히기 시작했다.
아내의 부드러운 손 만져본 기억이 안 난다.
아내 손 잡는 일
권력을 내려놓는 일만큼 어려웠다.
아내 손 잡는 일
습관이 아니고 사랑이다.
여보 손 내밀어봐
손잡고 사거리 마트까지
걸어갑시다.

모시옷 입고서

볕 따가운 여름날, 바람 조금 있는 날
모시옷 입고 나왔다.
바람이 옆구리를 스쳐 지나간다.
어머니 회한과 손 땀 냄새 스민다.

등허리 땀띠로 짠 모시 베를
어머니는 시장에 내다 팔았다.
그리고 집에 와서 우셨다.
아들 옷감은 냉겨 놓고 팔았어야 했는디.

더 이상 마을엔 모시 길쌈을 하지 않았다.
어머니도 베틀에서 내려온 지 오래.
그리고 한참 세월이 흐른 뒤
어머니는 시장에서 모시 베를 떠서
내 옷을 해 오셨다. 찹쌀풀을 먹이셨다.
그리고 또 우셨다. 내가 짠 베로
니 옷을 해 주었어야 핸는디.
까실까실 한 모시옷 입을 때마다
왜 그런지 겨드랑이가 시럽다.

양코백이

나는 얼굴이 작고 코가 상당히 큰 편이다.
어렸을 때 친구들이 《양코백이》라고 놀려댔다.
사춘기 때는 손거울 보며 코만 만지작거렸다.
어느덧 코는 나의 자존심이 되었다.

그런데 나의 자존심이 상처를 받기 시작했다.
삼십 넘어서 코피가 나기 시작했다.
인생 스트레스의 시작인가?
휴지로 코를 막고 종합병원 응급실에 가기도 했다.
코피는 응급실 환자 축에도 못 꼈다.
혼자 발만 동동거리다가
한참 코피를 삼킨 뒤에야 거즈로 코를 막고 왔다.

동네에 단골 의원은 두고 살 일이다.
의사는 나의 콧속을 네이버 지도보다 더 잘 안다.
콧속 실핏줄을 여러 번 인두로 지졌다.
인생 만사 겉과 속이 다 좋으면 얼마나 좋을까?
뭐 쌀에도 뉘는 있다마는.

못 세 개

이사 가는 날
아내는 벽에 있는
못 세 개를 재빠르게 빼버렸다.
아내와 실랑이 끝에
겨우 박은 못 세 개.
아내는 벽에 못 박는 일을
무척 싫어했다.

새로 들어오는
세입자 아주머니에게
아내는 말했다.
"다른 것은 다 좋은데
벽에다 못은
세 개 이상 박지 않았으면 해요"

사람마다 금기 사항이 있나 보다.
바람 박에다 못 박는 일
사람 가슴에 대못 박는 일도 아닌데.

소갈머리하고는

아내는 나보다 일곱 살 아래다.
그런데 손은 나보다 더 늙었다.
칠 남매 장남에게 시집온 탓이다.
아니 순전히 내 잘못이다.
아내는 말한다. 당신 식구들 너무했어.
나 만삭 때 연탄 한 번 갈아주었나.
보일러 기름통 한번 들고 왔나.
시도 때도 없이 친구들 우루루 데려오지 않나
어이쿠 쥐구녕 어디야.

그런데
이런 아내 투정과 찡그린 얼굴이
듣기 싫을 때가 있다.
나는 밴댕이 소갈딱지인가?
속 창시가 없는 건가?

나만 그런가?
서시(西施)의 찡그린 얼굴에
헤헤거리면서 고생한 아내 얼굴엔.

저건 레미콩이야 할아버지

세 살 먹은 외손주가
도로를 지나는 차를 보고
"저건 레미콩이야 할아버지" 한다.
어린아이가 어떻게 레미콘을 알지?

도로에 삐까번쩍 고급 자가용보다
레미콘, 트럭, 중장비 차가
많이 다녔으면 좋겠다.

70대 부부학 개론

아내가 비워준 싱크대 나는 매일 설거지한다.
파리가 낙상할까 두렵다.
그런데 쓰레기 분리수거는 나를 손도 못 대게 한다.
이게 무슨 권력 이양도 아니고.
쓰레기 분리수거하는 통로
아저씨가 나를 내리 보는 것 같은데도.
정말 미안한 게 있다.
남해 바다 푸른 파도 노래미, 황금 참가자미, 갯장어,
그리고 싱싱 회 먹던 아내는,
채식주의자 나 때문에
고사리, 도라지, 콩나물, 머우대, 시금치로 밥상 차린다.
그녀의 식성은 어디론가 사라졌다.

요양원은 쳐다보지도 마세요
내가 내 손으로 당신 돌볼게요
이 말 하고 싶으나
가슴에 숨겨두기로 했다.

사과 4쪽

나는 하루에 한 개의 사과를 먹는다.
아내가 쪼개 놓은 사과 4조각
천천히 다 먹고 출근한다.
그런데 아내는 사과를 별도로 먹지 않는 것 같다.
내가 무심했구나.
사과 한 쪽을 남겨 놓고 출근한다.

퇴직 후에는 두 쪽씩 공평하게 먹는다.
나의 관심이 만점 되었다.

당신 너무 헤퍼

콸 콸 콸
물줄기 좋고 설거지할 맛 나네.
당신 물을 너무 헤프게 쓰네.
뭐야 흔전만전이네.
내가 뭐가 헤프다고?
그렇잖아,
특히 다른 사람들한테는
간도 빼줄 듯이 맘 헤프게 쓰면서
나한테는 뭐야.

이크
쫄 쫄 쫄
물줄기를 바로 줄인다.
물이 엉뚱한 데로 튀지 않도록.

운명을 바꾸는 일들

아버지, 어머니, 나 셋이서 우리 논 벼를 베고 있었다.
아부지 나 고등학교 가면 안 돼요?
니 중학교 보내기도 힘들다. 기술 배우면 좋겠다.
그래도 꼭 가고 싶어요.
아버지는 말이 없으시고 벼 베는 소리만 사각 사각 사각.

나는 반 울음으로 소리치며 낫을 던졌다.
나 고등학교 안 보내 주면 저 방죽에 빠져 죽어버릴라요.
방죽으로 달려갔다.
다섯 길도 넘는 시퍼런 물이 공포스럽다.
언젠가 커다란 구렁이가 헤엄치는 것도 떠올랐다.
잠시 멈칫하는 사이 어머니가 울면서 달려왔다.
아이고 내 새끼 팽기야, 팽기야.

아버지는 동네 한 바퀴 돌아 돈을 변통하셨다.
나는 사십 리 길 읍내 책방에서 참고서를 샀다.
눈이 한참 내리는 겨울 어느 날 처음으로 집 밖을 나왔다.
광주에서 고등학교 다니는 동네 형이 말했다.
인생무상, 인생무상 케네디가 죽다니*

*1963년 11월 22일 미국 대통령 케네디가 달라스에서 암살당하였다.

전립선 비대증으로

전립선 비대증 진단을 받고 신(神)에게 투덜댔다.
"신이시여, 신이시여 이게 어찌 된 겁니까?
제가 속없이 젊었을 때 내 생식기관 중
중요 부위를 키워달라고 말 한 적 있는데
내동 가만히 있다가 이제사 엉뚱한 곳을
키워놓다니 이게 뭡니까?
내 전립선, 전립선을 비대하게 하시다니"

신이 근엄하게 말했다. "오라, 이 녀석 보게?
내 비록 바빠서 조금 늦기는 했다만
네 소원을 풀어주었거늘 웬 불만이냐?
네가 생식기관의 중요 부분을 키워달라고 했냐? 안 했냐?
보거라, 이놈아 전립선은 정액을 만들며
고환에서 오는 정액을 모아 힘차게 사정하는 것을 돕고
그 후에도 정액이 본연의 임무를 다할 때까지
생명을 유지시켜 인류 생명이 태어나도록 하는
중요한 기관이 아니더냐?"

신은 잠시 숨을 고른 뒤 말했다.
"그리고 이놈아, 네 거시기를 키워달라고 확실히 말했으면
내 어련히 알아서 네 거시기를 거시기하게 안 했겠나?
나는 네 거시기가 그냥 무슨 도구인 줄로만 알았다
말은 알아듣게 똑바로 해야지, 이놈아"
나는 뜨끔했다.
위대한 신도 내 말을 못 알아듣는데
하물며 사람들이 내가 하는 말을 알아들었을까?

어따 대고 그럴라고 해

"어따 대고 그럴라고 해!"
벼락같은 아내의 잠꼬대에
마침 선잠 깬 나는 화들짝 놀랐다.
잠꼬대 소리가 그렇게 크고
분노에 찬 것은 처음 본다.
이내 아내는 코를 곤다.
드러렁 드러렁

설마
나 젊을 때
바람 쬐~에끔 피울 때
내 뒤를 밟은 거 아녀?
꿈속에서?
. . . .
세월은 이미 에누리 없이
흘러가 버렸는데.

좀 져 주면 안 돼요?

스물한 살 총각과 동네 팔촌 형수 새댁이
추석날 밤 우리 집 마당에서 때아닌 춤 시합이 벌어졌다.
내가 모르는 민속춤이었다.
양 발바닥을 땅에 대고 빙빙 돌리는 춤.
노래를 부르며 돌린다. 나는 금방 따라 했다.

"장성 사거리 해가 저물어
하룻밤만 자고 나면 내 낭군이요~~"

누가 더 오래 춤을 추느냐다.
한참 후 형수는 숨이 턱에 차서 주저앉았다.
"아따. 시아재도, 총각이 여자한테 좀 져 주면 안 돼요?"
나는 스물한 살, 힘만 셌지 아무것도 모를 때였다.
그 뒤로 나는 이기기 아니면 지기 세상에
좀 져 주기를 끼워 넣었다. 내가 힘이 부칠 때면.

그래도 나 주어진 만큼의 복은 받아온 것 같다.
천불생무록지인(天不生無祿之人)
어디서 들어본 말 아니던가?

114가 속이 편하던데 때로는

아내가 아침 일찍부터 식사를 준비한다.
밥상이 걸다. 눈 계산해 본다.
밥 한 그릇, 국 한 그릇, 반찬 열네 가지.
그러니까 〈1114〉다.
당신 밥 안 들고 뭐해? 반찬 맘 안 들어?
아니, 그냥, ~~먹어야지.

회사 지하 식당 점심시간.
음식 냄새, 사람 냄새로 넘친다.
식판 들고 배식구에 줄을 선다.
밥 한 그릇, 국 한 그릇,
반찬 네 가지.
그러니까 〈114〉다.
동그랑땡 다섯 개 식판에 올리다가
엉덩이 큰 배식 아줌마 곁눈질에
움찔 두 개 덜어낸다.
오늘따라 이런 식판 밥이 왜 더 속이 편해 보일까?
어쩌면 삼식이는
그리운 옛 추억을 먹고 싶었는지 모른다.

아내 전화번호

아내 전화번호가 가물가물.
핸드폰에 전화번호 저장해 두었기 때문.
핸드폰 분실하면 어쩌지?

아내 전화 소리 들어본 지 며칠 된다.
같이 붙어 다니니까 그렇다.
아내 목소리 잊어버리면 어쩌지?
집에서 대화를 더 해야 하겠다.

외손녀와 할아버지의 거리

할아버지, 할아버지
선생님이 할아버지 이야기로 글짓기 써 오랬는데
할아버지 나 나이 때 뭐 했어?
응? 가만있자
둠벙에서 물배암이랑 멱 감았지!
둠벙이랑, 물배암이랑, 멱이 뭐야?
응 그거 조그만 저수지에서....
알았어 다른 이야기해 줘. 신나는 거
비 억수로 올 때 책보 허리에 차고
검정 고무신 손에 들고 학교로 빗속을 막 뛰어갔지
에이 우산을 쓰고 신 신고 가야지.
그때는 집에 우산이 없어서....
더 재미있는 거 없어? 특별한 거?
응 머리 박 터져 피날 때 된장 발랐다.
에이 냄새나게 시리.....
외손녀와 나의 거리 70년 간격 그리 멀까?
우리 동네 은행나무 800년도 넘었는데
아직 잎새 무성한데.

뒤안과 어머니

장두깐*에는 장독들이 뚜껑을 쓰고 있다.
어머니는
빛 좋은 낮엔 뚜껑을 열어 간장을 햇볕 쪼이신다.
달빛 교교한 밤에는 여동생들 목간*시키신다.
뒤안* 공터엔 토란, 머위, 양애간을 심으신다.
쑥이랑 다른 푸성귀들은 심지 않아도 제 알아서 자란다.
뒤안은 어머니의 모나코 공화국이요, 산마리노 공화국이다.
아버지도 함부로 뒤안에 가시지 않는다.
성인이 되어서 모처럼 고향집에 가면
뒤안에서 한 뼘 자란 머위 순 쑥 싹 잘라 된장에 버무려 주실 때
그 푸성귀 냄새는 방 안에 가득 찼다.
양애간의 독특한 냄새도 끼어든다.

며칠 전 고향에 갔다 온 친구가
빈집들은 다 무너졌는데 20년 비워 둔 우리 집은 아직도
지붕에 잡초 우거진 대로 쌩쌩하다 한다.
뒤안은 황성옛터로 변했겠지.

* 뒤안 : 뒤란의 전라도 사투리
* 장두깐 : 장독대의 전라도 사투리
* 목간 : 목욕의 전라도 사투리

너울성 파도

오늘이 우리 결혼기념일이네?
나이 드니까 이런 날도 기억하네?
갑자기 예방 주사 맞은 것처럼 따끔하다.
아니 너울성 파도에
몸이
휩쓸리는 것 같다.
살아온 것이 참.

2

마니아 되기란

옆의 동료가 한참 열변이다.
내가 백두대간, 남 파랑 길 등
길이란 길은 25년 동안 모두 답사했지.
나는 진짜 트레킹 마니아지.
그 옆 동료는
나는 입선 후 일주일에 두세 번
그림을 그리지. 자 이거 봐봐.(핸드폰)
나는 화가라기보다는 그림에 미친 그림 마니아지.

나는 살아오면서 무엇에 미친 적 있었던가?
제대로 미치지 못했지.

늘그막에
시(詩)나 죽도록 써서 시 마니아 되어 볼거나.
그런데 시인은 있어도 시 마냐아는 없지
불경스러운 말이지.
난 마니아는 될 팔자가 아닌가 보다.

부작용(富作用)

아내가 말했다.
내 머리숱이 많아지고 굵어졌다고 한다.
곰곰이 생각해 보니
혹시 전립선 약 부작용(富作用) 때문 아닐까?
전립선 약 중에 발모 효과가 있다고 들은 것도 같고.
모든 일에는 부작용(副作用)이 있지.
운동을 심하게 해도 건강 부작용.
심지어 쌀밥만 먹어도 무슨 부작용.
보릿고개 생각하면 벼락 맞을 말이지.
그런데 의외의 부작용(富作用)도 있는 게 인생살이지.
계모가 의붓딸 고기 한번 안 주고 보리밥만 먹였더니
더 건강한 것 같은,
의붓아들 장작 패기만 시켰더니 근육질로 되고,
성욕 감퇴시킨다는 전립선 약 머리만 굵어진다.
세상사 부작용(富作用) 더 많았으면
해도 달도 더 밝아지지 않을까?
눈, 비, 바람도 더 아름답지 않을까?

* 부작용(副作用) : 어떤 일이 안 좋은 방향으로 작용.
* 부작용(富作用) : 어떤 일이 좋은 방향으로 작용.

둘이 살아도

아랫집 아주머니 양손에 시장바구니 들고
엘리베이터 탄다.
둘이 살아도 살 것이 많네요.
그러믄요.
나는 시장 본 것 가득한 배낭을 추스르며
맞장구친다.

우리는 냉장고에 시장 본 것 채운다.
냉장고엔 아직
뼈 없는 갈비탕, 추어탕, 떡갈비, 피자 등
간편식이 눈을 뜨고 보고 있다.
여러 과일, 까 논 석류 알도 몸을 꿈틀거린다.

나잇살 먹을 만치 먹고도
헛배 부르는 짓 하는 씁쓸함이
냉상고 찬 냉기에 휩쓸린다.
얼른 냉장고 문을 닫는다.

그래, 우리는 냉장고를 비우며 채우며
살아가겠지. 둘이 살지만,
살 건 또 사면서.

손잡이 잡고 서서

전철을 탔다.
휘익 둘러봐도 자리는 없다.
노인석에 한자리 비었다.
나는 손잡이 잡고 섰다.
아직 거기 안 앉을 거야.

문득 오늘 망구(望九)란 말이 떠오른다.
칠십은 물밑에서 솟아오른 게야.
나는 그저 물밑에서
세월 가늠하지 않고 살아온 게지.
동지섣달이 얼마나 많이 지나가는지도
애써 모른 체하고.

내 척추와 다리가 나를 잘 받치고 있다.
그나저나 열 정거장 더 가기 전에
자리는 생기겠지?

깊은 골짜기 크리스마스

시커먼 눈발을 헤치고 트럭은 골짜기로 들어섰다.
골짜기는 음산했다.
우리는 트럭에서 내려 눈발 속에서 입소식을 했다.
파월장병 교육대는 어두워지고 있었다.

내무반에 들어서자 생전 보지도 못한
풀 없는 무덤 같은 흙 난로에서 열을 품어대고 있었다.
누군가 페치카라 했다.
하룻밤 자고 나니 크리스마스라고 했다.
우리는 소총과 대검을 지급받았다.
법적으로 살인면허를 시행하기 위한 도구였다.

하늘엔 영광 땅엔 평화는 소총에 꽂은 대검에 매달려
시커먼 눈발 속으로 날아갔다.
그해의 크리스마스는
깊은 골짜기에서 살인면허 도구를 받던 날.
그리고 한 달 후 우리는 월남 땅에 내려졌다.

어서 와 한 번 잡숴 봐유

낫을 빌리러 아래 집에 갔다.
마침 식사 중이었다.
아직 안들었쥬?
어서 와유
마침 콩밭에서 속아온 열무로 얼갈이 버무렸구만유
한 번 잡숴 봐유.
여분의 숟가락과 밥그릇 놓는 소리
댕그렁!
지금도 귓가에 맴돈다.
가진 것 없어도
밥 인심 넉넉했던 우리 동네
그 옛날.

촌스럽기는

딸네가 우리를
이태리 레스토랑에서 점심을 사 주었다.
음식이 깔끔하고 맛이 있었다.
사람들 가득 차고 대기자가 줄 서 있다.

"여보,
사람들이 소문 듣고 많이 왔나 보네?"
"당신도 참 촌스럽기는,
요즘 세상에 소문 듣고 찾아오는 사람들 없어요.
다 인터넷으로 맛집 검색하고 찾아오지
당신 정말 촌스럽다이"

옆 테이블에서 보고 있다.
욱! 하는 한 성질 올라오는 걸 겨우 참았다.
촌스럽기는 한 것도 같고.
나이 든 어르신으로 살려면 인격에 맞게 처신해야지.
국격까지는 아니더라도.
무소의 뿔보다는 뿔 자른 사슴처럼.

지구를 돌려보았다.

문득 지구의(地球儀)가 생각났다.
서점으로 가서 지구의 샀다.
책상 위에 올려놓고 한참 쳐다본다.
남쪽 수만 리 거리 뉴질랜드가 서울에서 한 뼘 거리요,
말 많은 그린란드도 북극 곁에 한 뼘 거리다.

손으로 만져본다.
히말라야도 봉우리 눈이 없고 평면,
챌린저 해구 심연도 물 한 방울 없이 평면,
입체적으로 만들면 산도 오르고 물속도 들여다 보련만,

지구의를 돌려본다. 아니 지구를 돌려본다.
한참 돌다가 멈춘다.
지구 자전 속도 464m/s 라는데
지구 자전을 멈추면 시간도 멈출까?
우주의 장엄한 질서라니.
40억 년 동안 지구는 쉬지 않고
돌았겠지?
갑자기 내 존재가 희미해진다.

스노클링만 하고 왔다.

외손녀들이 부모 따라
필리핀 세부로 놀러 갔다 와서 자랑이 한이 없다.
"그래 어떤 게 재미있었지?"
"스노클링이요."
바다 밑이 새로웠고 물고기, 바다풀들도 멋지다고 했다.
"그런데 라프라프 동상도 보았니?"
"라프라프 동상, 그게 뭔데요?"
아니 세부까지 가서 라프라프의 동상도 안 보고?

그렇지, 이제 중학생, 초등학생이 필리핀 역사를 아는 게 무리지,
500년 전 필리핀을 침략한 마젤란을 살해한
필리핀 영웅 라프라프 이야기보다는
그냥 5일 동안 5미터 바닷속 신비가 더 매력 있겠지.
그래도 세부에 가면 라프라프 동상에서 기념사진쯤은
찍어올 줄 생각한 내가 늙은 거지.
즈그 부모 탓해야지. 왜 이리 가슴 허전하고 시릴까?
아이들이 역사에 관심 가지도록 하는 게 시기상조일까?

* 마젤란(1480~1521)은 최초로 세계 일주에 성공한 스페인 항해사다.
필리핀 세부 섬에서 기독교를 전파하고 식민지화하려다가 현지 추장 라
프라프에게 살해당함.

소 파

아내는 초 저녁잠이 없다.
소파에 앉았다 누웠다 하며
TV를 본다.
그러다가 잠이 들기도 한다.

나는 아내의 소파가 되고 싶다.
따뜻한, 아늑한.
여보 방으로 들어와요
사람 온기 있는 소파
내가 있잖아요.

땅겨 땅겨 땅겨

폐지를 가득 실은 구르마
내리막길에 들어서며 넘어진다.
우리 부부는 냅다 달려가서
짐을 붙잡고 겨우 도로에 들여놓았다.
나이 드신 부부다.

내리막길 인생 내리막길에서
애오라지 폐지를 끌다가
깔릴 뻔한 황혼 길.
인간사 얼마나 어긋나는 일
많았으면.

아내는 앞에서 노인 도와 조타수 노릇
나와 노부인은 뒤에서 힘을.
땅겨, 땅겨, 땅겨
밀면 안돼!
구령에 맞추어 내리막길 인생길.

장어 꼬리

아내와 장어집에 갔다.
우리는 통 장어탕 시켰다.
아내 앞에 한 그릇,
내 앞에 한 그릇이 놓였다.
주인 여자가 갑자기
아내 그릇과 내 그릇을 바꿔 놓는다.
???
이 그릇에 장어 꼬리가 들었어요
사장님이 잡수셔야.
앞가슴 큰 여주인이 한쪽 눈을 찡긋한다.

내 고향 선운사 풍천, 뭉툭한 자연산 장어가
펄떡 뛰어 뚝으로 나왔다가
꼬리 한 번 치고 다시 풍천으로 풍덩.
힘차게 꼬리 몸부림.
눈앞에 아른거린다.
올봄은 특별한 봄이 될런지.
늙은이 회춘 같은.

소년 나르키소스의 거울

열세 살 소년은 매일 매일 거울을 본다.
서서 보다가, 앉아서 보다가, 누워서도 본다.
거울 속에 미소년이 웃고 있다.
잘도 생겼다.
우뚝한 코는 고운 산등성이,
빛나는 눈은 새벽 별. 목화 솜털 같은 목덜미.

학생증 만들려고 사진관에서 사진 찍었다.
정말 이상하게 나왔다.
사진관 주인에게 볼멘소리를 했다.
왜 이렇게 못생기게 나왔어요?
본래 얼굴이 그렇구만.
나는 집에 와서 울었다.
거울을 대나무밭에 던져버렸다.
화단에는 노오란 난초 꽃이 피어있었다.
수선화는 없었다.

쑥 비누를 샀다.

어머니 냄새 그리워 쑥 비누를 샀다.
어머니는 봄 이맘때면
나를 데리고 양지바른 밭둑에 가서
쑥을 캐셨다.
부엌 식칼로 쑥을 캐서
대바구니에 담아 오셨다.
쑥밥과 쑥떡을 해 주셨다.

쑥은 사방 천지에 있었다.
쓸모도 천지였다.
머리 박 터지면 쑥잎 따서
된장에 무쳐 붙였다.
둠벙에서 멱을 감을 때는
쑥잎 침 발라 양쪽 귀에 넣었다.
여름엔 냉갈로 모기 퇴치 장기 자랑.

쑥비누 향수(香水)가
향수(鄕愁)를 불러온다.

숲속에 오두막집 하나

푸른 숲속에 집을 지었다.
가로 열 자 새로 일곱 자, 조그만 쪽문에
한 뼘 창문, 햇빛, 달빛,
별빛이 들어오게끔.
소로우의 월든 오두막보다 턱없이 적게.
세간살이를 조금 들여놓았다.
나무 의자는 삐걱거리고, 찻잔은 이가 빠지고.

가끔은 황공하여라
결배후서(潔杯候叙)* 하지 않았는데도
쪽문을 빠끔히 열어보는 사람들 있었다.
나도 숲을 거닐며 여러 집을 기웃거렸다.
내 집에는 모기와 거미들도 방안에서 터를 잡았다.
오다가다 비를 피하러 오는 사람 있었으면.

*결배후서 : 찻잔을 깨끗이 닦아 놓고 손님을 기다린다.
        (청첩장에 쓰는 문구)
*시 서재를 개설하고 나서 쓰다.

진달래꽃 술

나는 회사 총각 독신료(獨身寮)에 삼 년 동안 살았다.
독신료 이름은 청운료(靑雲寮)였다.
아무렴 젊은이들은 모름지기 푸른 꿈은 있어야겠지?

어떤 방에서는 기타 소리.
어떤 방에서는 카드 돌리며 떠드는 소리.
어떤 방에서는 새벽 고양이처럼
아가씨가 숨어들고. 젊음이 녹아들던 곳.

봄이 되면 진달래꽃 따러 영취산에 올랐다.
꽃 배암 머리 삐쭉히 내밀기 전에.
진달래꽃 술 담갔다. 한 말짜리 옹기에 삼십도 소주 가득.

술 익는 냄새 료(寮)를 감싸면 친구들 하나둘 모여들었다.
내 방은 총각 냄새 나는 사랑방.
진달래 연분홍 꽃물 소주에 물들기도 전에 친구들 닦달한다.
한지 뚜껑 열고 술이 돌아간다.
니체를 말하고, 꿈을 말하고, 섹스를 말하고,
재떨이에 담배꽁초 쌓여가면, 최희준의 하숙생,
문주란의 동숙의 노래. 목청껏 부를 때
영취산 산자락이 흔들렸다.
10년도 다섯 번이 더 지난 그 어느 날.

어쩔 뻔했어.

안방에서 티비를 보던 아내가
급히 나와 말했다.
여보 여보 이 프로 안 봤으면
어쩔 뻔했어?
이비인후과 의사가
알러지 비염에 생리 식염수가 최고라네
그 의사 어느 병원인지 알아봐 줘.
이름 있는 병원인지.
호들갑 바로 아래만큼 들뜬다.

그때 보지 않았다면,
그때 가지 않았다면,
그때 하지 않았다면,
어쩔 뻔했을 일들.

앵두와 꽃 배암

어머니는 봄이 되면
앵두나무 밑에 거름을 주고
돌로 듬성듬성 울타리를 만드셨다.
겨울잠 깨어난 꽃 배암 집으로 안성맞춤 된 돌무덤.
앵두꽃 와이셔츠 단추만큼 앙증스럽게 피면
곧 앵두가 주렁주렁 열렸다.
꽃 배암은 앵두나무에 올라 앵두 열 개 따 먹은 후
앵두입술 살큼 벌린 채 낮잠을 취한다.

동네 가시네들 우리 집 앵두 따러 온다.
꽃 배암에 질겁했던 가시네는
아예 긴 작대기를 가지고 온다.
마루에 앉아 있는 어머니
야그들아 앵두는 따 먹어도 따가지는 말그라.
가시네들은 몇 개만 따먹고
몰래 가져온 하얀색 사기 그릇에 가득 따서 도망친다.
집에서 동생들 기다리고 있다.
어머니는 모른 채 방으로 들어간다.
꽃 배암은 다시 앵두나무로 올라간다.
시골 인심 빨간 앵두처럼 탐스럽고 상큼하다.

가오리 지갑

아무렴 귀국 선물은 가오리 가죽 지갑이지.
가오리 가죽 핸드백, 가오리 가죽 벨트도
많이 사야지.
그래야 4년간의 해외 근무 선물로 체면이 서겠지.
귀국 가방에 가오리들이 꿈틀거린다.
깊은 바닷속을 휘젓고 다니던
가오리의 살갗은 뭍으로 나오자 껍질이 되고
가죽이 되었다.
참혹한 가죽 박리 후
원한은 회무침으로 버무려지고
사람들 호주머니에서, 손에서, 허리에서
건조한 가죽 영혼이 졸고 있다.

빈터에서 꼬마가 가오리연을 날리고 있다.
얼레를 잠깐 빌려
연줄에 가오리 영혼을 띄워 하늘 높이
더 높이 날려 보냈다. 고통 없는 빈 하늘.
집에 와서 쓰던 가오리 지갑을 내다 버렸다.

전화 한 통화

나는 〈전화는 용건만 간단히〉를 철칙으로 여기며 살아왔습니다.
그래서 아내에게 경우에도 없는 짓도 했습니다.
아내는 절친과 전화를 하면 한 시간도 넘습니다.
나의 거듭된 경고에도 아랑곳없습니다.
내가 전화기를 내동댕이치고 전화기가 박살 나면 끝입니다.
그 경우에 없는 짓을 한 번 더 하고 끝났습니다.
왜냐하면 아내의 절친이 암으로 죽었기 때문입니다.
아내는 우울해졌습니다.

전화 통화는 단순히
소식 주고받는 생활 도구가 아니라는 것을,
그것은 목소리를 듣는 것이라는 것을,
먼우물* 표주박으로 마시는 것이라는 것을,
깨닫기까지는 그 후로도 한참 뒤였습니다.

밥 안치던 아내가 손을 치마에 문지르고 핸드폰을 집어 듭니다
"응 내일 아침 일찍 갈게, 염려 말어"
딸 전화에 아내의 손가락 사이 안개꽃 피었습니다.

* 먼우물 : 먹을 수 있는 우물물.

돈 좀 있니?

칠월의 뜨거운 한낮
느티나무 그늘을 지나
햇볕 이글거리는 시멘트 담을 따라
아내는 돈을 꾸러 다녔다.
도저히 맨 낮으론 말하기 어려운 친구에게
기어들어 가는 소리로
돈 좀 있니?
친구가 말했다.
난 절대로 너처럼 돈 꾸러 다니지는 않겠다.

부서진 연탄재 위에서
내일 걱정을 다 쓸어 담아도
이보단 무겁지 않을 몸이
한겨울 바이칼 호수 물에
풍덩 빠져버렸다.
아내는 달팽이보다 더 빠른 걸음으로
그 집 문을 빠져나왔다.

동안(童顔)으로 살기보다는

나는 사십 넘어서부터 내 나이를 사람들이
일여덟 살 아래로 보기 시작했다.
소위 동안(童顔)으로 보는 것이다.
지금도 일흔 후반인데도 예순 후반으로 보는 사람도 있다.
얼굴과 목에 주름이 잘 안 보인다.
인사치레로 들리기는 하지만.

그런데 이건 시간문제일 것이다.
늦기 전에 동안으로 살기보다는
동심(童心)으로 살기로 했다.

그런데
마음에 이미 주름이 많아진걸!
그래, 그럼, 그렇지,
동심으로 살기보다는
그냥 노심(老心)으로 살기로 하자.
생긴 대로 살겠노라고 마음먹으니
마음이 편해진다.
이게 동심으로 사는 거 아닌가?

제1차 목표

고등학교 동창회 날 이베리코 항정살을 시켰다.
앉자마자 이야기로 춤이 튀면서 고기와 같이 구워진다.
발명 특허 출원해 놓고 10억을 기다린다는 녀석.
일요화가회 회장직을 더 해야겠다고 겉 겸손을 피는 녀석.
두 달간 유럽 여행 자랑하는 녀석.
이야깃거리 끊어지면 지난번 이야기가 또 나온다.
나는 뭐 내세울 것 없이
아파트 테니스장 밖 바람 빠진 테니스공처럼 앉아 있다.
이야기가 한이 없자 나도 한마디 끼어들고 싶다.
태엽 풀린 괘종시계 태엽을 몇 바퀴 감아 재끼듯
아랫배에 힘을 주었다. 식탁을 탁 내리치며
"야 야, 우리들 이제 팔십다섯까지 두 발로 걸어와서
만나는 것을 1차 목표로 삼자!"
"누구에게도, 우리 자신에게조차도 짐이 안 되게!
건강 허자! 다들 어떠냐?"
팔십 전후 청년들이
모두 들 술잔을 놓고 박수다.
"이하 동문이요"
수명이 뭐라고 우리 맘대로 정해 놓는다. 참.

대화의 실상

내일 비가 온다는데 정말 올려나?
나의 혼잣말에 마침 우리 집에 와 있는
사위가 응대한다. AI한테 물어볼게요

핸드폰을 열고
"AI, 내일 **동 날씨 말해줄래?"
바로 이쁜 여자의 목소리가 나온다.
"네, 내일 **동은 구름이 잔뜩 끼고
오후 늦게 비가 오겠습니다. 기온은 최고 33도가 됩니다"
"그러면 대답을 전라도 사투리로 해줄래?"
"네, 해 보겠습니다.
내일 **동은 구름이 엄청 끼고 오후 늦게 비가 오겠는디요.
기온은 최고 33도 되겠는데유"
"사투리가 되게 어색한데?"
"그래요? 더 연습해서 다음엔 멋지게 할게요"

나는 전라도 사투리는
재래시장 얼굴 이쁜 야채 가게 아주머니한테
듣는 게 낫겠다고 생각했다.

흑 자 인 생

올여름엔 참 흑자 인생이다.
고단한 생명에 꽃이 피었다.
얼굴에 활짝 핀 흑자 꽃.
바람과 햇볕이 빚어낸 서사시.

그물을 뚫고 뱀이 들어오고,
노루가 들어와서 채마 밭 훔친다.
그물보다 촘촘한 선크림도
강렬한 자외선
돌의 표면에 수묵화 그려낸다.
햇볕을 앞지르는 세월의 강렬함이다.

동안이라 자랑 마라
흑자(黑子) 너
바람을 피하지 못하는구나
선낭회외 소이물루(大網恢恢疎而不漏)
하늘의 깊은 능력 세월과 호흡한다.

제목 : 흑자 인생
시낭송 : 조한직

3

죄송합니다. 그런 분인 줄 몰랐습니다.

이통사 계약을 연장했다.
서비스 맨이 와서 셋톱박스 교체해 주고
티비와 핸드폰 와이파이 비번 바꿔 주었다.

두어 시간 후
노트북 열었더니 인터넷 불통이다.
애프터 요청 후 다음 날 그 서비스맨이 왔다.
불같이 달려왔다. 뭔가 켕겼나?

"죄송합니다. 저는 사장님이
노트북 쓰시는 줄 몰랐습니다"

'뭐시라? 이 양반이 시방 뭔 소리여?
나를 노트북도 못 쓰는 뒷 방 늙은이로 본겨?'

괜히 부시당한 것 같다.
늙젊은이* 은근히 화딱지 되게 난다.

* 늙젊은이 : 늙었지만 젊은이 행세 하고 싶은 사람.

9월 어느 날 길을 걷다

가을 입구에 길을 나섰다.
여름날 배롱나무꽃 하늘을 불 질러 놓더니
핏빛 되어 떨어진다.
어디 서러움 아닌 낙화 있더냐.
피눈물 범벅이겠지.
울음 그친 쓰르라미 낙화에 묻혀 있다.
풀 섶에서 대낮 귀뚜라미 울어 댄다.
가까이 다가서니 울음 뚝 그친다.
귀로 가을 정취 맛보기 이르다. 그치?
하늘은 한참 위에 있고
나무들 투명한 물관 바삐 물을 빨아올린다.
아직 여름볕이 미련으로 딸꾹질하는데
푸르름 속에 나의 슬픔이 옷을 벗는다.
이제 가을이 눈부시겠지.

지난겨울 눈길 조심 종종걸음.
올여름 지렁이 피해 넓은 걸음.
이제 가을엔 어떤 걸음으로 걸어볼거나.

비겁한 놈들

담임 선생님이 방과 후
우등생 4명을 남게 했다.
나도 그중에 끼었다.
칠판에 수수께끼를 적으시고
30분 동안에 맞추고
답을 맞힌 사람 이름과
답을 적고 가라고 하셨다.
그 시간 동안 아무도 답을 못 찾았다.

마침 코스모스 씨앗 한 줌 따서 손에 들고
교실에 들어온 꼴등에서 두 번째 하는 놈이
칠판을 보더니 대뜸
그거 "상 다리" 구만 한다.
수수께끼는
"부러지면 놓고 못 먹는 것은?" 이었다.
우리는 그의 이름과 답을
칠판에 적지 않았다.

고구마 싹

고구마를 샀다.
몇 개 쪄 먹고 남겨두었다.
잊었다가 보니
고구마 싹이 났다.

그녀 보내 놓고
잊은 줄 알았다.
아니었다.
가슴에 그리움이 싹터
이미 고구마 순이 되어 있었다.
나는 낫을 들고
열 발이나 되는 고구마 순을
싹둑 베어버렸다.
하이얀 진물이 배어 나왔다.

사독인독(蛇毒人毒)

봄볕이 뒷산에 쫙 퍼졌다.
그는 뒷산에 칡을 캐러 갔다.
구덩이에 까치 독사가 겨울잠을 자고 있었다.
까치 독사는 제 몸 하나 건사 못하고 뱀 술이 되었다.
그의 독은 쓸 데를 못 쓰고
뱀 술만 흐리게 했다. 뱀의 억울한 눈물.

한낮 뜨거운 자갈밭에서
암놈 뱀이 눈을 부라리며 혀를 날름거렸다.
서방 복수해야 한다.
암 뱀은 그의 집을 찾아 몸을 움직이기 시작했다
그의 집은 대나무 숲으로 둘러싸여 있었다.
지독한 청국장 냄새와
앙칼진 여인 목소리에 놀라
후일을 기약하고 암뱀은 힘없이 돌아섰다.

암 뱀은 기다렸다,
그가 그의 아버지와 나무하러 왔다.
그의 발목을 힘껏 물었다.
놀란 그의 소리에 그의 아버지가 작대기로
암 뱀을 내리쳤다.
암뱀은 원을 풀기도 전에 비실비실 자갈밭으로 도망갔다.
뱀의 독니에서 못다 푼 원한이 자갈밭에 뿌려졌다.

그의 아버지가 뱀 자국을 마구 입으로 빨았다.
사람 입은 독하다 했다.
독사도 대가리 수건으로 감싸 쥐고
콱 물어버리면 뱀은 맥없이 죽는다 했다.
사람 이빨 독 무섭다 했다. 한여름이 지나고 있었다.

그는 가죽 장화를 샀다. Y자 작대기도 준비했다.
이누무 시끼 기어이 뱀 술 담글 거야.
사람이 가슴에 한을 품으면 그보다 독한 것이 없다고
어무니가 말했었지.

뭐니 뭐니 해도 시월 독이 잔뜩 든 독사가
뱀 술엔 제격이지 아무렴!

그는 읍내 일터에서 석 달을 지내고 집에 왔다.
암 뱀은 원한을 가슴에 품고 겨울잠에 들어갔다.
뒷산은 눈이 수북이 쌓였다.
그의 작대기는 어디 있는지 보이지 않았다.
다음 해 봄 그는 더 튼실해진 아랫도리를 하고
먼 도시로 일하러 갔다. 뱀독이 약이 되었다.
뒷산에 진달래가 붉게 피었다.

직녀를 찾아서

하얀 꽃잎 하나 창문에 붙는다.
지나는 발자국이 분주하다.
반지하 방에 누워 은하수를 본다.

직녀가 선녀 옷 훨훨. 은하수 건너온다.
날자, 날자, 페가수스야
견우보다 먼저 가야 한다. 넌 이미
헤라의 천양유(天 羊 乳) 단백질 먹고 살잖아
힘 좀 내보자.

직녀가, 그녀가 빨강 머리, 빨강 레깅스 입고
왜 오고 있지?
꿈도 야무졌나 푸른 하늘 은하수.
거문고 베가 별자리, 10만 광 년 별 무리,

나 좀 내려다오. 페가수스야
은하철도 999 갈아타고 무주 구천동.
반딧불이 익모초에서 반짝인다.

반딧불이 촉수 낮추자 은하수에 하얀 쪽배 타고
직녀가 놀고 있다.
나는 블랙홀 속으로 쑥 빨려 들어갔다.

훈장과 제자

석양이 붉게 물들다.
구름 한 무리 햇빛 길게 들이마시니
더 검붉어진다. 훈장이 제자에게 말했다.
너도 가슴에 뜻을 품으면 저리 더 붉어진다.

석양은 서쪽 하늘만 물들인다.
자기 분수를 알고 있다.
온 하늘을 물들이면 끔찍하다.
큰 재앙이다. 훈장이 말했다.
너도 네 몫 밖은 탐내지 마라
끔찍해질 거다.

플로렌스 그리피스 조이너
그녀의 빨간 입술이 뛰었다.
붉은 손톱도 뛰었다.
석양보다 붉은 근육 죽도록 달려
실한 가슴을 결승 테이프에 내민다.
ASAP. 그 후 그녀 나이 38살.

훈장은 서당 문을 닫았다.
제자는 그리피스 찾아 태평양을 건넜다.
그녀가 빨리 달리는 이유 찾아서.

태릉입구역에서

태릉입구역에서 환승했다.
열차는 선로 꽉 붙잡고
흔들리지 않는다.
나는 의자에서 흔들린다.
의식이 흔들린다.
나는 절대로 산문식 시는 쓰지 않을 거야.

왜 미국은 알래스카는 사면서
그린란드는 못 샀지? 독도는 우리 땅.

열차는 2분마다 쉰다.
나의 의식은 쉬지 않는다.
의료 분쟁, 싸움, 싸움,

창문 밖은 칠흑. 옆 선로로 전철이 휙 지나간다.
객차 한 칸이 내 십 년씩 지나간다.
객차 손잡이에 시간이 매달려 산나

태릉입구역은 6, 7호선 환승역
나의 60대가 70대로 넘어갔다.
퍽 근사하게 살지는 못했다.
그래도 말 안장, 고삐 없이는 말을 타진 않았다.

엉뚱한 생각

오늘은 전국에 비 옵니다.
레이더에 비 오는 곳 파란색 곡선
아나운서 엉덩이 곡선 눈을 뺏는다.

들기름, 참기름 한 병씩
시장통 기름집 아줌마 일바지 엉덩이
칼리피케스 엉덩이.

시를 쓴다고 엉뚱한 생각.
비가 오기 때문이다.

로만포럼의 돌

콜로세움 지나 로만포럼에 들어선다.
화려했던 광장, 주춧돌만 남았다.
길가에서 돌조각 하나 주었다.
돌이 겸손하게 말한다. 나는 그저 돌일 뿐이야.
손바닥에서 돌이 1분에 20번 숨을 쉰다

돌의 기공에서 터져 나오는 웃음소리.
뚱뚱한 귀족은 술 취해 쓰러져있고
개선장군은 적장 사로잡은 자랑이다.
"어제 콜로세움에서 사자에 먹힌 그 적장요? 호호호~"
귀부인이 너스레 떨며 술잔을 딸꾹 넘긴다.
나는 돌을 호주머니에 간수한다.

나는 그저 돌일 뿐이라고!
내 몸은 회랑기둥으로 가고 길가에 버려져
부루타스가 씨저를 찾아갈 때 마자 바퀴에 쌀렸던 돌이아
책상 설합에 로만포럼 돌과
시골집 우물 팔 때 나온 맥반석 돌조각이
나뒹굴고 있었다.

칼바위에 바치는 송가

눈 감으면 땡그랑 땡그랑 병장기 소리 부딪치는 소리
장창 비껴든 장수가 철마 타고 진격한다.
북쪽 궁궐을 지키는 그대는 칼바위

눈을 뜨면 하늘의 새 주작(朱雀), 살포시 내려앉아
사방 둘러보더니 이윽고 날개를 접는다.
이곳에서 평화를 지키는 그대는 칼바위

비바람 녹두비누 삼아 겨울 눈 속옷 삼아 빚어낸
희디 흰 살결은 순결을 넘어 위엄까지 갖추었다.
뉘 감히 너를 어루만지랴 그대는 칼바위

날카로운 부리는 지혜와 징계의 표상.
어머니 등에 접은 날개는 미래를 향한 멈춤이다
보아라 내 앞의 저 기상 그대는 칼바위.

* 칼바위 : 관악산 동편에 있는 칼바위.

십 년만 더

누가 그러데
우리 남자들 건강 나이 72세, 수명 나이 82세라고.
그런데 어제 퇴직자 모임 보니 아니네그려!
여든 된 분도 있네,
밥도 잘 드시고 술도 잘 드시네!
세월 멈추었네
흰머리 잔주름은 조금만 눈 감아 준다면~~

아따! 10년만 더 보태서
수명 나이 92세로 해 주면 좀 좋겠네.
대리운전은 못 해도 아직 손주 녀석 볼 힘은 있다네.

그런데 10년은 좀 짧은 것 같다고
투덜대는 속없는 늙은이도 있네!
이전 것은 모르겠고
앞만 생각하는 노년(老年) 아닌기?

젊은이와 마찬가지로 우리들도 좋아하는 말이
《희망(希望) 찬 미래(未來)》라네. 허 허 허.

전신 거울 앞에서

욕실에 전신 거울이 웃고 있다.
오늘도 나의 몸을 본다.
바디 워시 듬뿍, 샤워 물로 흠씬 씻어내면
다윗이 거기 있다.
살 집 붙은, 아랫배 쳐진 다윗이다.
그래도 아름답다.
하나님 감사합니다.

그런데
엉덩이가 내 배꼽 아래를 보고 싶어 한다.

아파트 페인트칠

아파트 세월 때 더께더께
한참 늙어버렸다.
온몸 한 자루 붓으로 색칠하니
한복 입은 여인이다.
아름답고 요염하다.
되게 젊은 여인이다.

나도 온몸 녹두비누로,
창포로 머리 감고 나면,
저리 회춘 될까?

관악산 연두색 새순 돋으니
새색시 수줍다.

나도 임플란트하면
저리 젊어실까?
아내가 얼굴 마스크 해준다.
머리 염색은 안 해준다.
젊어지기 쉽지 않다.

동의서

환자님 보호자분 어디 가셨어요?
똥 싸러 간다고 갔는디요.
안 되겠다. 시간이 없다
할머니가 동의서 써야겠네.
할머니 폐쇄 공포증 있으세요? 패새 뭐? 그게 뭐다요?
저 어둡고 좁은 곳 가면 무섭고 떨리는 거요
나 우리 동네 전깃불 없는 좁은 고샅길
한밤중에 내동 걸어가도 하나도 안 무서운디요.
몸에 철심 박은 거 있어요? 없는디요.
거기 금반지 끼셨네 빨리 빼세요
나 환갑 때 울 아덜이 해준 건디, 한 번도 안 빼봤는데……
틀니 했어요?
했제, 했제, 울 며느리가 유명 치과에서 해줬제,
얼른 틀니 빼세요. 간호사는 지친 얼굴에 짜증이 오른다.
빨리 이 종이컵에 담으시고 이 동의서에 이름 쓰세요
울 아덜이 아무 데나 이름 쓰지 말라 했는디.
시간 없다니까요. 빨리 쓰세요.
울 아들이 어째서 여태껏 안 온디야
할머니는 마지못해 동의서에 이름 썼다.
내키지 않는 일에 동의하는 일 인간 다반사.
구부정한 허리로 할머니는 MRI 실로 들어갔다

뜬구름 잡기

짙은 커피 향 따라 그는 계단을 올라갔다.
소개팅 그녀 구석에 앉아 있다.
둘은 마스크를 쓰고 있다.
코로나는 무섭다.
둘은 마스크를 쓴 채 맞선보기로 했다.

그녀 눈이 참 이쁘다. 마스크 속
입술은 어떨까? 소피아 로렌 입술,
황진이 앵두입술일 거야.

이건 뜬구름 잡는 일이야
퇴화한 양쪽 겨드랑이 날개
구름 잡으러 펄럭인다.

그녀 허리 아래 다소곳.
샤론스톤 엉덩이 빗속을 걸어간다.

취미가 어떻게 되죠?
그녀 질문에 그는
구름에서 떨어졌다.
맞선! 뜬구름 잡는 일,
인생은 뜬구름.

비스듬하게 서 있으라

너는 비스듬하게 서 있다.
평평한 대지에 비스듬하게 서 있다.
지구 축을 붙잡고 꼿꼿이 서 있다.

지구 축 놓칠세라 꽉도 붙잡고 서 있다.
지구 축 놓는 순간
원심력에 우주 밖으로 사라질 것을 알아야 한다.

모름지기 23.5도 기울기로 있으라.
그러면 커다란 우주의 힘이
너를 받쳐 줄 것이다.

네가 비스듬을 버리고
더 벌리거나 곧추서려 하면
우주의 힘은 너를 버릴 것이다.

23.5도 기울어진 사이로
누군가 다소곳이 걸어들어온다.
이것을 포용이라고들 한다.

채시지관이 되다

봄날 꾀꼬리 울어댄다.
내 마음이 울어댄다.
세상에 널려있는 시어 찾아
김삿갓 지팡이 집어 든다.

굴원의 멱라강 기웃,
두보의 등고 오르다 보니
어느덧 해가 진다.

잠자리에 들어 소월의 한을 보고
미당의 관능에 사타구니 가렵다.

해가 뜨고 해가 지고 날이 간다.
너의 시를 왜 밖에서만 찾느냐?
책을 던져라.
네 가슴을 뜨겁게 덥혀라.
네 마음의 시를 채집하거라.
시경이 눈앞에서 춤춘다.
또 날이 가고 달이 간다.

벽제의 이니스프리 섬

개울물 돌 돌 돌
이끼 반짝이는 연두색 호수
한가운데 나 여기 왔다.

쿵쾅쿵쾅 155mm 포성 소리
함키 산 흔들며 정글 불탄다.
그곳 포연 남겨두고 나 여기 왔다.
연두색 연한 평화 그곳엔 없었다.
거친 가시덩굴, 녹색 정글 군복.

오! 사월의 숲 연두색 잔치.
고운 잎 따서 입으로 후 욱~ 불어
월남에 날려볼거나.

사월의 벽제. 이니스프리 연록 숲 섬.
나 앉아 있다.
이름 모를 새 연두 속에서
사랑 노래 부른다.
개울물은 아직 차갑다.

희수야 놀자

미수 형이 문자 보냈다.
"희수야 놀자
우리 집에 놀러 와
오지 산등성이에 조그만 집 지어
편히 살고 있다.

오는 길이 조금은 멀고
힘들 수 있지만,
내가 보낸 지도 보면서
와!"

나는 미수 형에게 대답했다.
"조심해서 찾아갈게요."

나는
77살 먹은 희수(喜壽)
형은
나보다 11살 많은
88살 먹은 미수(米壽).

형 집에 가서
쌍화탕 얻어먹어야지.

그렇게 기다리게 하면

영취산 아래에서 10년을 살았다.
봄이 오면
진달래는 그렇게 피었다.
흥국사 오름 길
암자에서 물 한 모금
진달래꽃 밑에서 뱀을 질겅 밟았다.
그리고 봄은 그냥 갔다.

진달래 피었는데
진달래 보이지 않는다.
꽃잎이 진달래술 되어
온 산에 먹였나
연두색만 산을 덮는다.

기다림은 마냥
기다리지 않는다.
진달래는 기다리다
술이 되고 나는 그 술을 마셨다.
기다림을 삼켰다.
두견새는 울지 않는다.

엄지손가락

나는 누구?
같은 배에서 같은 날 태어난
다섯 형제 중 맏이인 엄지손가락.

모습도, 성질도 다르지만
내가 지배자.
내가 기분 좋으면 엄지척
남이 기분 좋아도
엄지척해 준다.

손금을 봐 드립니다.

정문에서
경비반장이 말했다.
강 대원 손 좀 내밀어봐 손금 봐줄게
아니 오른손 말고 왼손.
아니 뭔 손금이 이리 좋데?
아직 때가 안되었는가 보다.
벼락같이 뛰쳐나가 전무 차에 경례 붙인다.

나는 출입 기록을 모나미 볼펜으로 적는다.
전무는 대가리 하얀 몽블랑 볼펜으로 결재하겠지.

때가 아직 안 되어 나의 손금은 선이 되지 못하고
한려수도 섬처럼 그 자리에 외롭다.
점. 점. 점. 점. 점.

농어와 민어

어제는 반건조 농어 먹었다.
오늘은 반건조 민어 먹었다.
아내가 말한다
그래도 오늘 민어 이름값 하죠?
민어 이름값이 뭐더라?
아니 당신은 꼭 내 말을
건성으로 듣더라!
내 말 할 때 딴생각만 하지?
언감생심 무슨 딴생각?

아무튼
농어와 민어
거기서 거기지 뭐.
인생살이 다
거기서 거기인 것처럼.

엘리베이터 안에서

우리 통로 40세대 중
내가 인사하는 집 예닐곱 세대
식구 얼굴 다 아는 집 단 세 집.

엘리베이터 탔다.
10층에서 젊은 엄마와 아이가 탔다.
무거운 침묵.
옷깃만 스쳐도 인연이라 했는데
이만큼 떨어져 있으니 인연은 안 되겠고,
오후인데 좋은 아침이라고 인사는 못 하겠고
인사는 해야 하는데 인사는 해야 하는데
엘리베이터가 3층까지 내려왔을 때
쫓기듯 말했다.

학생 잘생겼네, 몇 학년?
아이가 머뭇거리자
엄마가 답했다.
3학년이에요
아 예 그렇군요
어느덧 엘리베이터 1층 문이 열린다.

4

포크레인 운전수

포크레인 운전한다.
땅을 파헤쳐
나의 시어를 캐낸다.
땅 위에 흩어진
시어도 줍는다.

춘추시대
채시지관(採詩之官)이
시경(詩經) 엮었듯이
나도
박꽃처럼
수수한 시집 한 권
엮고 싶다.

잘 던져 봐

잘 던져 봐
스트라이크 존에 세 개만 계속.
오늘 기분이 좋아지려고 하니까.
아까 조금 전
레깅스 아가씨 쭉 뻗은 다리
시구 패대기 했어도 기분이 좋았거든.

너는 잘 던져야 해. 프로니까.
타자를 농락해야 네가 살아남거든.
아니면 두려움을 던져야 해
볼, 볼, 볼, 볼
이런 젠장 환장하겠네.
밀어내기로 점수 주냐?
홈런까지 맞냐? 티비를 꺼 버렸다.

허기야 스트라이크 존
어디 만만한 거냐.
청년 취업 스트라이크 존.
중산층 스트라이크 존.
들어가려고 안간힘.
좁다고 아우성.

이백의 마부작침(摩斧作針)

나는 시집을 내기로 했다.
이백(李白)이 하산 중
도끼를 갈고 있는 노파를 만났다.
왜 도끼를 계속 가십니까?
도끼 갈아 바늘 만들란다.
그는 얼른 산으로 되돌아갔다.

최호의 황학루(黃鶴樓),
두보의 등고(登高),
너는 얼마나 높이 올라가봤느냐?
왕유의 고향 매화 소월의 산유화
나태주의 풀꽃 김용택의 찔레꽃.
네 꽃은 아직 봉오리다.

나는
시집을 내지 않기로 했다.
건방지지 않기로 했다.
당분간 쓰는 즐거움으로 살기로 했다.

연꽃엔 무엇이 있나

외갓집 가는 길 연못에
연꽃 피었다
꽃이 이뻤다.

선운사 소풍 가서
대웅전 연꽃 그림
참 이뻤다.

연근 조림 맛있다.
연근 가운데 1개
둘레에 8개 구멍
나는 108 번뇌라고 긍정한다.
매일 108번뇌 먹는다.

오월의 끝자락

숲속을 거닐어 보다.
오월의 야생화 이쁘다.
해찰하다가 길을 잃었다.
아예 길이 없었다.
생각을 놓았다.
아예 생각이 없었다.

흰 구름 하늘 떠 있다.
봄바람 아직 구름 위에 있다.

수컷 밤꽃 향기 품어내면
오월이 치마 여미고
장 보러 간다.

오월은 겨드랑이 사이로
스쳐 지나는 바람 한 점.
기어이 봄은 가는가 보다.

유월이 싱싱하다

들판이 온통 싱싱한 모들이다.
군대 열병식이다. 앞뒤 좌우 반듯하다.
이앙기로 드르르르륵 했겠지
옛날엔 못줄 없이 삐뚤빼뚤
여인네들 속도가 남정네들 앞섰제
반도체 기판 때리는 로봇손보다 더 빠르제

새참 이고 오는 순이 멀리 보이면
서둘러 논 밖에 나와 질펀하게 둘러앉았제
워메 송산 양반 ×알 반쪽 삐쭉이 베잠뱅이
밖으로 인사해도 여인네들 쿡쿡거리며
토란국 먹기 바쁘고 공음댁 삼베 빤쓰 보이면
아자씨들 침 꿀꺽 막걸리 한 사발.

어헤라 데헤야 모 심던 아자씨, 아짐씨
보이지 않고 들판엔 제비들 하늘 노래하고
뭉게구름 한가하다.

생생한 옛 그림자 싱싱한 모들
싱싱한 유월이 시작한다.

명아주 풀

도로 가 명아주 풀 쑥쑥 자란다.
이름도 아름다워라.
너는 속이 꽉 차야 제 몫이지.
내공을 길러 청려장 되어야지.

도로 가 명아주 어쩌나 누가 뽑아버릴 것 같다
난 너를 위해 뭔가 해야 하는데,
길가의 풀 한 포기도 제 삶이 부여되었는데.
나는 하릴없는 의미를 하나?
청려장 받고는 싶지, 구절장은 꿈만 꾸겠다.
고향집 마루에 기대 놓은 명아주 지팡이
할머니, 아버지가 짚고 다니시던.
지금 어디로 사라졌을까?

※청려장은 명아주 풀로 만든다. 옛날 80세가 되면 임금이 하사.
지금 100세가 되면 대통령 이름으로 복지부 장관이 내려줌.
구절장은 아홉 마디 등나무로 만들며 이것 짚고 다니면 날랜 말보다
빨리 달린다는 전설!

꿈속을 헤매다.

요즘 자주 이런 꿈 꾼다.
사무실 천덕꾸러기 만년 과장.
부장의 멸시, 직원들 외면.
언제부터 이랬을까?
일 마무리 엉망. 퇴근도 어정쩡.
진급은 하늘 끝.

가진 것 없는 놈 맨몸으로 들이댔지.
아침 7시 30분 책상 앞, 저녁 7시 30분 책상 앞.
워커홀릭이란 말 쓸모없는 서술이었지.

집무실, 밤색 원목 책상, 회전의자 돌리며
미운털 부장 혼쭐 냈제.
그 시절 좋았지

그런데 요즘 꿈 쭈그리 인생.
뭐가 꿈이고 뭐가 생시?
호접지몽.

그렇게도 빈둥대고 싶었나?
휴가도 제대로 못 간 바보,
멍청이.

그대 눈빛은 빛났다.

우리 중학교는 시골 중학교.
한 학년에 한 반씩 모두 세 학급.
어느 날 나이 지긋한
교장 선생님이 오셨다.
눈은 처지고 힘이 없었다.

그런데 우리가 모르는
6.10 만세 이야기하신다.
갑자기 눈에 광채가 나고
주름진 목에 핏줄이 불끈.
알고 보니 6.10 만세운동
주역이신 이동환 선생님이셨다.

돈 없고 빽 없는 독립운동가는
밀리고 밀려 이곳 시골까지 오셨다.
아마 친일 앞잡이는 교육감 했을라나.
달력에만 남아 있다.
6.10 만세운동 기념일.

남과 같이해서는

오늘도 너를 만난다.
커다란 체구에 대체로 흰 살결
돌 경구석에 음각이라니
《남과 같이해서는 남 이상 될 수 없다》
이 녀석이 꿈틀거리며 나를 째려본다.

그래 어쩔 테냐?
남과 같이는커녕 남보다도
못했다. 이거 나 원 참
그래서 잘 사냐고? 그래 잘 살다마다.

나는 운이 좋은 놈인지 모르는 모양이지?
전기, 수도, 가스 들어온다.
심지어 인터넷도 들어오는 곳에서 잘살고 있다.
그따위
쓰잘대기 없는 경구석(警句石)은
함부로 세우지 마라.
대신 어려운 사자성어 하나 들이댈란다.
수분지족(守分之足). 흐 흠.

고창 수박 아가씨

이글거리는 태양 내려앉은 듯,
머리채 긴 바람은 하필 싹둑 잘린 날
고창 수박밭에서
미스 수박아가씨 선발대회.

알 땀 송글송글 이 더위에 한복이람.
고개 숙여 인사
살품 엿보는 사내들
스테비아 꿀수박 입맛 사리살살.

미스수박 대회 사라진 지 오래.
고창 아가씨들 다 서울로 가버렸는가벼.
그래도 고창 수박 상표 붙이면
전국 어디서도 잘 팔린다네.

앵두나무 처녀

우리 아파트 화단 터앝.
앵두나무 세 그루
하얀 꽃자리에 앵두입술 주렁주렁.
〈앵두나무 우물가에 동네 처녀 바람났네〉
옛 노래 아련한데
입술 내민 앵두에 유혹하는 꽃 배암 보이지 않고
아이들 짓궂게도 앵두 따서 짓이긴다.
이제 너는
토속의 에로티시즘이 아니고
그냥 하나의 정원수일 뿐.

완두콩과 할머니

재래시장 한 귀퉁이 좌판 벌인 할머니
십여 가지 곡류 호랑이 콩, 서리태,
완두콩 몇 더미 까 논 쪽파.
오며 가며 들리는 음악 소리
바이올린 선율, 에디뜨 피아프의
아련한 장밋빛 인생, 때론
존 덴버의 테이크 미 홈 경쾌한 멜로디.

그녀의 뒤편에 오래된 라디오에서
클래식, 올드팝 선율 자그마하게 들린다.
하얀 머릿결, 곱다한 외모
그녀의 지난 과거가 스치는 바람 끝처럼
가볍게 알고 싶다.

완두콩 콩깍지 까면
실물 보이지만 사람 속내 까 볼 수 없다.
완두콩 한 봉지 만 원 주고 샀다.
냉동실에 보관하세요. 그녀 목소리 단아하다.

신식 시를 써 보려다가.

내 시가 매너리즘에 젖은
구닥다리 같다.

신식 시를 써 볼거나.
2024 신춘문예 당선 시집,
신예 시인 시집 두루 읽었지만
내 머리로는 안되겠다.

그냥 내 시를 써야겠다.
그래
곽재구의 사평역에서 같은 멋진.
아니 그의 유곡나루가
더 멋지지, 나에게는.

무관심과 칡넝쿨

아들,
내 귀 좀 봐 줄래?
매급시 귀가
징허게 깝깝하다이.

워메~ 워메이~
무관심이 켜켜이 쌓인 부피
어머니 한 쪽 귀에서만
귓밥이 2cm가 넘네 그려.
아들의 무관심은
소나무 휘감고 기어오르는
칡넝쿨.
그것은 나무 말라 죽게 만드는
살아있는 생물.

무관심과 비닐 약봉지

약을 먹고 비닐봉지 버렸다.
아내가 다시 주워
잘게 잘게 찢는다.

지금 뭐 하는겨?
아니 봉지에 날짜,
당신 이름, 약국이 써 있잖아
그걸 찢어?
아무도 관심 안 가질 텐데.

누가 이용할지 모르잖아.
글쎄.

칠월의 찬가

뭉게구름 느닷없이 장대비 되어 내리는
때론 무지개로 피어나는,
시골집 평상에 누워
바라보던 은하수 생각나는,
내 고향 선운사 배롱나무 생각나는
그 옆을 서성대던 앳된 아가씨 생각나는,
무논에서 나와 아기 젖 물리는
아낙 젖살 뙤약볕에 눈 부시는,

나는 왜 하는 일마다 잘 되지?
하고픈,
살아가며 어중간한 자취는
남기지 말아야지 헛 다짐도 하는,

그래서, 그러한 어중 칠월 아닌
보배로운, 겸손케 하는
칠월이 산바람 타고 왔다.

비가 오면 네가 보고픈

여름비 동쪽에서 묻어오면
네가 보고 싶다.
수천 마디 말보다 그윽한 네 눈빛

인고의 옹이에서 세월은 멈추고
하얀 눈물은 흐르다 말라붙었다.

투박한 너의 살결,
나를 위해
비단 저고리 백옥 허리띠 풀어헤치면
순백의 너의 속살.

잣나무 휴양림
60년도 넘은 잣나무 한 그루
넌 나의 영원한 친구
내 생명 순환 바뀐 뒤라도.

오늘따라
빗속에 서 있는 네가
겁나게 이뻐 보인다.

기념 타월

아내가
세면 타월을 홈쇼핑으로 주문하려 한다
"아니 집에 수건 많잖아요?"
"모두 오래되어 낡아서 껄끄러워요"
그러고 보니
내 돈 내 산 타월이 없는 것 같다.
회사 창립 기념, 춘계 야유회 기념,
직원 결혼 기념, 식당 개업 등 등등.
모두 기념 타월이네.
여러 사연들이 나염 글씨 속에서
꿈틀거리며 일어선다.

그런데 기념 타월 받은 지 오래다.
이제 기념 타월 받을 대상에
끼워주지 않나?
오래되어 낡아버린 내 인생,
내 깔끄러운 살결을
부드러운 타월로 감싸고 싶다.
"여보, 어서 타월 주문하세요.

미소 한 가닥

날 따뜻하고
볕 사방으로 눌러앉은 어느 날
웬 할아버지 미소가 나를 보신다.
마음이 편안해진다.
서산 마애삼불 앞에서다.

참 별일이지
왜 그 미소는 뜬구름 올라타듯
마음이 가벼워지지?

햇볕 비치는 방향 따라
미소도 바뀐다 한다.
모네의 빛으로는 어떤 모습으로
스케치 될까? 상상해 본다.

그래 미소는 보는 것,
상상하는 것보다 내가 짓는 것도
더 좋겠다는 생각이 나는.

표주박은 이문위시(以文爲詩)

나의 시상(詩想)은
깊은 산속 옹달샘이면 좋겠다
쉼 없이 샘솟고, 시원하고, 마시기 좋은.

나의 시어는
되게 산문적이지 싶기도?
마치 옹달샘 물을 두 손으로
떠먹는 자연스러움 그러나 조금은 옹색한.

숲속에서
송나라 시인 구양수(歐陽修)를 만났다.
그는 내게 말했다.
"시란 말이야, 산문과 같이 흐르는 듯 하면서
맑고 깨끗해야 해,
산문으로 시를 짓는 이문위시(以文爲詩) 말이야"
나는 바로 그를 나의 사부로 모셨다.
그는 옹달샘의 그것도 플라스틱 바가지가 아닌
자연산 조롱박 표주박.

은행나무와 공덕비

도로 한가운데 830년 된 어르신 은행나무
세월 비껴가듯 차들이 비켜 돌아간다.
비바람, 세월 모질기도 하다.
속창시 다 갉아버렸네.
시멘트로 우겨 박고 볼 일이제.
800 견 어깨 통증 큰 가지는
철봉으로 바쳐두고
링거 다섯 개 꽂혀 있다.

내가 늙었다고
늙은 잎, 쭈구리 은행알 낼까 보냐?
징허게 푸르디푸른 잎사귀,
싱싱한 은행알 내놓았다.

그 옆에 조선조 현령 네 분의
공덕비가 뙤약볕에 졸고 있다.
백 년도 못 사는 인생 좁쌀만 한 공덕
은행나무 그늘에 가려졌다.

계양산

계양산은 인천에 있다.
나는 서울에 있다.

비 갠
참으로 맑디맑은 날
계양산이 서울로 달려온다.
오십 리 길 마다하지 않고
나에게로 온다.
나는 그를 껴안는다.

어느 비 갠 오후
나의 첫사랑이
계양산 되어 나에게로 온다.
나는 그녀를 껴안는다.
그녀는 무지개였다.

사소하거나 희미하거나 또는 또렷하거나

느닷없이 추석 특집 아육대회
여자 양궁이 떠오른다.
정말 나에게는 아주 사소한 일인데.
한쪽 눈 찡긋하며 웃는 예뻐 죽겠던 그녀들
그런데 어째서 아이돌 얼굴과 이름은
희미하지? 가물거리지?
옳지, 옳지, 카라의 엉덩이춤,
EXID의 위아래 춤 생각나네.
연이어 니콜, 하니, 솔지도 또렷이 떠오르네.
참 이뻤제.

왜 어떤 것은
사소하게, 희미하게, 또렷하기도 할까?
기억이 야위어 가기도 살이 붙기도
내 마음의 자유일까?

그나저나 그녀들은 어디서, 어떻게
살고 있을까? 나에게는 아주아주
사소한 일이지만.

너같이 생겼구먼

나는 참
형편없는 것 같아.
왜 이리 바보같이 살았지?

아냐 나는 참
괜찮은 놈 같아
나름대로 살아온 것 같다.

에라 모르겠다.
거울에게 물어보자.
쟤는 있는 대로 비춰 주니까.
거울아 나는 어떤 놈이니?
너야 뭐 너 같은 놈이지
너같이 생겼지.
뭘 물어봐?

5

천왕봉에서

나는 산에 오를 때 9부 능선에서 돌아온다.
정상에는 산신령이 머무는 곳일 거라고,
그리고 나의 건방을 올려놓기 싫어서 이기도.
그런데, 그런데 어느 날.
지리산 천왕봉에 오르고야 말았다.
전날 밤 주모의 젓가락 장단에
술을 퍼지도록 마셨다.

다음 날 아침, 내 정신이 아니었다.
탈진한 상태로 산에 오르기 시작했다.
멀리 정상 표지석이 보였다.
돌이 우뚝 서 있다 잠깐이었다.
욕망이 내 육신을 9부 능선을 넘게 했다.
나는 기어이 표지석에 손을 댔다.
바로 아래 쓰레기 더미 속에
쭈그러진 맥주캔이 나뒹굴고 있었다.
그 표면에 내 얼굴이 쭈그려 보인다.
나는 얼른 표지석에서 손을 거두었다.
먹구름이 장대비를 쏟아낼 것 같다.

제노아 AI 500

1992년 여름 제노아 시는 들끓었다.
페라리 광장은 사람과 깃발로 땅이 흔들렸다.
란테르나 등대는 낮에도 번쩍거렸다.
콜럼버스 생가는 담쟁이
잎사귀보다 더 생기가 넘쳤다.
신대륙 발견 500주년 기념행사가 도시를 삼켰다.
그날은 서양문명이 하늘을 나르고,
인디언 문명의 종은 깨져
땅속으로 묻히기 시작한 날.

네 이웃을 사랑하라는 넓은 보자기를
들고 온 콜럼버스는 색안경을 썼다.
AI(American Indian)는
영혼도 없는 미물이라고 보쌈질 했다.
금광 찾는 도구로 썼다.
그리고 공작 깃털 펜으로
신대륙 발견의 위대한 역사라고 썼다.

시선은 같아도 보는 것은

오전 11시 전철 안은 붐비지 않는다.
열에 아홉은 운동화 신었다.
우리 동네 구두수선 아저씨 생각난다.

그는 밖을 내다본다.
나와 마주친 시선은 바로 내 신발로 향한다.
내가 괜히 민망해진다. 나는 운동화 신었다.

내가 전철에서 운동화 보는 시선은
남의 행색을 보려 함이 아니고
오늘의 패션, 내일의 유행을 보는 것이고
그가 운동화 보는 시선은
오늘의 생계요 어제의 추억이다.

떡볶이집 아짐

우리 동네 골목 떡볶이집
어느 날 《생ㅎ의 달인》에 나왔다.
다음 날부터
12개 테이블이 빈 그릇 치우기도 버거웠다.
문밖의 손님들 핸드폰 보는 시간이 늘었다.
떡볶이집은 한여름 백사장보다 더 뜨거웠다.

떡볶이집 아짐 나흘 동안 앉아 본 적이
딱 오후 세 시.
먹는 둥 마는 둥 하는 점심시간뿐.
갑자기 금고가 부어올랐다.
아짐 종아리가 부어올랐다.
엉덩이도 부어올랐다.
엄지발가락도 부어올랐다.

아짐은 다섯째 날은
아침 열 시까지 숨도 못 쉬고 잤다.
기러기가 날개를 접은 채로
구만리 하늘을 날아가는 꿈을 꾸었다.
여보 오늘은 장사 접자!
남편이 아내를 끌어안는다.
아짐은 벌떡 일어났다.
아녀 거시기 뭐냐면
물 들어올 때 삿대 저으랬어.

깻잎을 손에 들고

사람들 《참》이란 말 좋아한다.
참사람, 참이슬, 참기름,
참 잘생겼네.

사람들 《들》이란 말
한 수 아래로 본다.
들고양이, 들풀, 들 생겼네.

그런데 세상만사 다 그렇지는 않다.
《깨》가 그렇다.
요즘 들기름이 참기름보다
비싸다. 때로는.
참깻잎 안 먹는다 들깻잎만 먹는다.
이름도 이제는 그냥 깻잎이다.

어묵은 오늘 행복했다.

집밥이 최고여 맞아요.
밥 먹는 것 같지요,
노부부의 정담에 《어묵》은 고개를 들었다.
콩나물, 가지, 호박, 무생채, 연근,
당근, 파프리카, 취나물, 도라지,
고사리, 더덕, 버섯 온통 땅에 것들.
각기 제 모습 뽐내고 있다. 복스럽다.

그런데 저 멀리 《코다리 조림》이 보인다.
너와 나는 남해 바다 고향 친구지.
처지가 비슷한 고향 친구
만나면 괜시리 반가운 거 있지?

나는 비록 온몸이 찢겨지고 눌려서 형체도 없어지고
너는 두 내복 털리고 토막 나고
매운 소스에 온몸이 쓰라리겠지만
노부부를 위해 밥상 위에 올려졌으니
오늘 하루 우리 행복해하자
참 행복하다. 그치?

골목 안의 자유

일기장을 찢었다.
20년 동안 하루도 거르지 않고 쓴 일기장.
어느 날 갑자기
한 생각 때문에 일기장을 찢었다.
과거가 그리워 일기장들 모두 책상 위에 올려놓고 보다가.
불현듯 하나님이 귀히 여겨 주신 이 생명
감사 감사하며 지내면 되는 것을
꼭 글로 써야 하나?
인생 한갓 스쳐 지나가는 가을바람인 것을
바람 차다, 빠르다, 동남풍이다. 쓸 게 있나?

일기장 찢기 시작했다.
마음 편하다
마치 대로 찻길에서 골목길로
들어선, 신호등도 건널목도 신경 안 쓰는
골목 안의 자유 같은,
소중한 하루들.

쪽 자유

우리는 대낮부터 홍어집에 앉았다.
그의 막걸리 병 따는 손이 경쾌하다.
어이 김 사장 좋은 일 있는가 봐?
얼굴에 바람꽃 피었네
옆집에 차탈레이 부인이라도 이사 왔남?
아니 저 거시기,
마누라가 친구들하고 사박 오일 베트남 여행 떠나서.

그의 쪽잠 같은 쪽 자유가
새콤한 홍어회 속에서 춤추고 있다.

그때 그의 핸드폰이 울린다.
그의 아내 전화다. 응 그래 뭐라고?
그쪽 홍수로 결항 되어 집으로 오고 있다고?
뭐 벌써 집 가까이 왔다고?

어이 성 사장 안 되겠네. 집에 가야겠네
쪽 자유가 그의 등 뒤에서 뭉그적거린다.

괜한 걱정

앵두꽃 하얀 꽃
다섯 폭 치맛자락 휘날린다.
요염하게 치마끈 풀기도 전에
얄궂은 봄비가 이틀이나 내린다.
우수수 지는 꽃잎
앵두 열리기는 글렀다.

음마?
잎새 사이로 살포시 내민
갓난아기 젖꼭지 같은 앵두알
괜한 걱정을 했나?
봄 햇볕이
파릇한 잎새 사이 파고든다.

봄동(春白菜)

아내가 봄동을 사서
생으로 겉절이
데쳐서 나물해 주었다.
입맛 돋우는데 장땡이지

그런데 봄동은
겨울이 한철인데
왜
봄동이라 이름 지었을까?
궁금해지기 시작한다.
아마
재 넘어 봄바람을 샛서방 끌어들이듯
몰래 땡겨와 파아란 치마에 감추어
봄맛을 미리 보라고 했을 거야
그렇지 않고서야
이리 맛이 짜릿할 수가

아내 전화번호

성평기 시집

2026년 4월 27일 초판 1쇄
2026년 4월 29일 발행
지 은 이 : 성평기
펴 낸 이 : 김락호
디자인 편집 : 이은희
기 획 : 시사랑음악사랑
연 락 처 : 1899-1341
홈페이지 주소 : www.poemmusic.net
E-Mail : poemarts@hanmail.net

정가 : 10,000원
ISBN : 979-11-6284-644-5